W0224486

LE DROIT D'EMMERDER DIEU

DU MÊME AUTEUR

TYRANNIE, *roman*, Grasset, 2018.
ÉLOGE DE L'IRRÉVÉRENCE, *avec Georges Kiejman*, Grasset, 2019.
LE VOLEUR D'AMOUR, *roman*, Grasset, 2021.

RICHARD MALKA

LE DROIT D'EMMERDER DIEU

BERNARD GRASSET
PARIS

Photo : JF Paga

ISBN 978-2-246-82583-8

Tous droits de traduction, de reproduction et d'adaptation réservés pour tous pays.

© *Éditions Grasset & Fasquelle, 2021.*

J'écris mes plaidoiries. Celle-ci plus qu'aucune autre. Le moment venu, il faut s'adapter, improviser selon les circonstances de l'audience, l'heure, l'écoute ; oublier certains passages, en développer d'autres selon l'inspiration de l'instant. Les conditions dans lesquelles j'ai prononcé ces mots devant la cour d'assises spéciale de Paris resteront pour moi inoubliables. Bien sûr, il y avait la charge émotionnelle de ce procès qui me touchait de si près, écrasante, terrifiante mais au moment de plaider, voilà que l'un des accusés est atteint du Covid. Les reports d'audience se sont succédé comme un supplice, de semaine en semaine, durant un mois. Il y avait le masque aussi, qui se conjuguait mal avec la passion du verbe et pire, qui supprimait toute perception des expressions des magistrats, donnant le sentiment de parler dans les limbes. Enfin, il y avait l'épuisement après trois mois d'une audience parsemée d'attentats et de morts. Alors, j'ai écourté. Nous avons choisi avec les Éditions Grasset de livrer ce texte dans sa version écrite, plus longue que celle finalement plaidée le vendredi 4 décembre 2020 en fin de journée.

Le temps qui passe, les contretemps, les renvois d'audience, l'indécence de certains, tout cela ne peut rien changer à la profondeur de notre chagrin. Celui d'être privé de l'intelligence, du talent, de la bonté et de l'humour de ceux qui ne sont plus. Alors, on cherche un sens. C'est le seul moyen de supporter le manque. Un sens à ce qui est arrivé et un sens à ce procès. Et les deux sont évidemment liés.

Pendant des mois, je me suis posé la question de ce sens et je butais toujours et encore sur le même problème que je n'ai résolu que récemment. Ce procès a été épique, tragique, tourmenté et à certains égards romanesque. Il a déclenché la fureur du monde, il a été ponctué d'attentats, il nous a livré la parole incandescente des victimes et nous a égarés dans les labyrinthes d'explication des accusés.

Le sens premier de ce procès, c'est évidemment de les juger, ces accusés. Mes confrères, en défense, vous le rappelleront à raison. Mais de là à penser que ce serait le seul sens, ce serait une erreur. Nous ne sommes pas aux États-Unis, où la partie civile est exclue du procès pénal et n'a le droit qu'à son procès civil. En France, le législateur a fait un autre choix et la partie civile est incluse dans le procès pénal. À partir de ce moment-là, elle porte avec elle son propre sens. Et vous lui avez donné le temps et l'espace pour s'exprimer. Je ne crois pas que ça allégera la peine des victimes, mais cela leur était indispensable.

Le sens de ce procès, c'est aussi de démontrer que le droit prime sur la force. Tout cela serait déjà beaucoup, et suffisant, pour n'importe quel procès. Mais pas pour celui-là, pas au regard des crimes commis. Les attentats de *Charlie Hebdo* et de l'Hyper Cacher ne sont pas seulement des crimes. Ils ont une signification, une portée politique, philosophique, métaphysique. Les attentats commis par les frères Kouachi et par Amedy Coulibaly convergent vers la même idée. Ils sont indissociables, ils ont été préparés de concert, ils ont le même but. Quand Coulibaly tue des Juifs, il ne tue pas que des Juifs, il tue l'Autre. Le Juif, c'est l'Autre. Sous toutes les latitudes, à toutes les époques de l'humanité, de l'Égypte ancienne à l'Allemagne nazie, des ghettos de Pologne aux quartiers réservés du Maghreb, en passant par les shtetls de Bessarabie.

Le Juif, c'est celui qui est différent, qui garde son identité à travers les millénaires, qui refuse de se fondre. C'est l'idée de l'irréductible singularité, donc de la diversité. *Charlie Hebdo* aussi, c'est l'Autre. Celui qui est libre, libertaire, qui s'exprime sans entraves et, pire, qui rit de ceux dont la pensée totalitaire refuse la différence. Le sens de ces crimes, c'est l'annihilation de l'Autre, de la différence. Si l'on ne répond pas à cela, alors on se sera arrêté au milieu du chemin, on aura sanctionné l'acte, le crime, sans appréhender sa portée.

Mais comment faire pour appréhender cette portée alors qu'une cour d'assises n'est pas faite pour protéger la liberté, la diversité, mais pour apprécier des éléments constitutifs d'un crime, une culpabilité, des éléments factuels ?

C'est toute la problématique de ce procès et la solution est simple. Vous avez organisé cette audience en deux temps bien distincts : le temps des victimes et celui des accusés. De la même manière, je crois qu'il faut accepter qu'il n'y ait pas un, mais deux procès en un : celui des accusés, et celui des idées que l'on a voulu assassiner et enterrer. Ce sont les fameuses « valeurs républicaines ébranlées » qu'évoque le président Hayat dans son ordonnance autorisant l'enregistrement de ce procès.

Ces valeurs ont leur place dans cette audience, elles lui donnent une partie de son sens. Ces crimes ne sont pas des crimes comme les autres, et ce procès ne peut donc pas être un procès comme un autre.

On ne peut certainement pas se limiter, comme certains le voudraient, à analyser les différentes versions, les oublis et les non-dits des accusés : rien dans le code de procédure pénale n'empêche la prise en compte de cette dimension symbolique supplémentaire. Rien pour le parquet, dont la parole est libre, rien pour la cour qui dispose d'un espace de liberté dans sa motivation et bien sûr, rien pour les avocats des parties civiles que nous sommes. Et mon rôle, comme avocat de la personne morale *Charlie Hebdo*, qui est, pour les fanatiques, le grand Autre maléfique, ne sera pas d'accuser les personnes qui sont jugées, mais de traiter, quasi exclusivement, du second volet de ce procès.

Ce rôle ne m'amènera pas à plaider pour les caméras ou pour l'Histoire. Je n'en ai rien à faire de l'Histoire. Je veux plaider pour aujourd'hui, pas pour demain, pour les hommes d'ici et maintenant, pas pour les historiens du futur. Le futur, c'est comme le ciel ; c'est virtuel.

C'est à nous, et à nous seuls, qu'il revient de s'engager, de réfléchir, d'analyser et parfois de prendre des risques pour rester libres d'être ce que nous voulons. C'est à nous et à personne d'autre qu'il revient de trouver les mots, de les prononcer, de les écrire pour couvrir le son des couteaux sur nos gorges.

À nous de rire, de dessiner, de jouir de nos libertés, de vivre la tête haute, face à des fanatiques qui voudraient nous imposer leur monde de névroses et de frustrations, en coproduction avec des universitaires gavés de communautarisme anglo-saxon et d'intellectuels, héritiers de ceux qui ont soutenu parmi les pires dictateurs du XXe siècle, de Staline à Pol Pot.

C'est à nous de nous battre, comme l'a dit Riss, pour rester libres. Nous et ceux qui nous succéderont. Voilà ce qui se joue aujourd'hui.

Et rester libres, cela implique de pouvoir encore parler librement, sans être menacés de mort, abattus par des kalachnikovs ou décapités. Or ce n'est plus le cas dans notre pays.

Pendant ce procès, un enseignant a été coupé en deux – pardon pour ces mots mais voilà l'horreur à laquelle nous sommes parvenus. Pendant ce procès, on a tué dans une basilique et atrocement mutilé rue Nicolas-Appert. On a menacé, photographies à l'appui, des dirigeants de *Charlie Hebdo* dans plusieurs communiqués, dont l'un d'Al-Qaïda.

Le message des terroristes est clair. Ils nous disent : « Vos mots, vos indignations, vos résistances ne servent à rien. On continuera à vous tuer. » Ils nous disent : « Vos juges, vos procès nous sont indifférents, on ne les reconnaît pas et on continuera à vous tuer. Vos lois sont des blagues. Nous ne répondons qu'à celles du Ciel et nous n'avons pas peur de mourir. Nous préférons la mort à la vie. » Ils nous demandent de renoncer à la liberté, parce qu'avec un couteau et un hachoir, ils seraient plus forts que soixante-six millions de Français, une armée, une police. C'est l'arme de la peur, pour nous faire abandonner un mode de vie construit au fil des siècles.

Alors la question évidemment, c'est : « Comment leur répondre ? »

Et je lis tous les jours des tribunes, des pétitions, des articles de grands philosophes, de sociologues, de beaux esprits, et même d'une ancienne candidate à l'élection présidentielle qui nous disent qu'il faudrait abandonner le droit aux caricatures et le droit de critiquer librement les religions.

Mais comment prétendre cela avec un soupçon d'honnêteté intellectuelle ?

Il y a quelques semaines, en Autriche, il y a eu un attentat. Or il n'y a pas de *Charlie Hebdo* en Autriche, il n'y a pas de caricatures en Autriche. C'est un des derniers pays européens à disposer d'une législation pénalisant le blasphème. Il n'y a pas de laïcité en Autriche ni de passé colonial. Et pourtant ils ont eu un attentat islamiste. Alors qu'est-ce que doivent abandonner les Autrichiens ? À quoi doivent-ils renoncer ?

Au Mozambique, début novembre, cinquante personnes, de jeunes musulmans, ont été décapités par une filiale d'Al-Qaïda. Ces malheureux n'étaient pas en train de caricaturer le prophète, ou de lire *Charlie Hebdo*. Qu'est-ce qu'ils auraient dû abandonner pour rester en vie ?

Il y a quelques jours, au Nigéria, plus de cent personnes ont été ligotées et égorgées. Des musulmans, par Boko Haram. Elles n'étaient pas non plus en train de revendiquer le droit de critiquer librement les religions. C'étaient de paisibles paysans. Qu'est-ce qu'on devrait abandonner ? La liberté, l'égalité, la fraternité ?

Ils détestent nos libertés, c'est Sonia Mejri qui nous l'a dit. Ce sont parmi les mots les plus forts qui ont été prononcés au cours de cette audience. Et elle sait de quoi elle parle. C'est une revenante de Syrie. Elle a été mariée à un cadre de Daech.

Ils détestent nos libertés et ils ne s'arrêteront pas. Et vous savez pourquoi ? Parce que nous aussi nous sommes l'Autre. Parce que nous sommes un des rares peuples au monde – c'est comme ça – à être porteur d'un autre universalisme, qui s'oppose au leur. Mais le nôtre, celui de notre révolution, est porteur de raison et de liberté, quand celui de ces fanatiques est construit sur le dogme et la soumission. Alors nous pourrions renoncer à tout ce que nous voudrons, ils ne s'arrêteront pas tant qu'ils ne nous auront pas transformés en poissons rouges tournant en rond dans un bocal.

Pendant ce procès, nous avons reçu des milliers de menaces, et pour certains d'entre nous des signes beaucoup plus inquiétants, mais ça je ne peux pas vous en parler. Et nos vies sont devenues encore plus compliquées qu'elles ne l'étaient et vont le rester bien longtemps après ce procès, alors au moins, que cela serve à quelque chose.

Pendant ce procès, chaque jour de ce procès, j'ai regardé sur mon téléphone les menaces de mort que m'envoyait la mère de Mila, cette jeune adolescente qui n'a commis aucun délit, comme l'a constaté le procureur de la Vienne en Isère, et n'a fait qu'exercer son droit de critiquer l'islam sans franchir aucune limite légale. Elle est menacée d'être éventrée, brûlée, violée, égorgée. On lui envoie des photos de têtes décapitées. Vous n'imaginez pas la violence des messages qu'elle reçoit.

Et pendant ce procès, un jeune homme a été condamné à trois ans de prison, dont dix-huit mois ferme, pour avoir posté sur Facebook une vidéo mimant la décapitation de cette jeune femme avec un couteau de boucher.

C'est aujourd'hui qu'il faut se battre, aujourd'hui que cela se joue.

Alors comment en est-on arrivé là ? Qu'est-ce que c'est que cette guerre qui oppose des dessinateurs avec des crayons ou des enseignants avec leurs tableaux noirs à des fanatiques armés de kalachnikovs ou de couteaux de boucherie ? Par quel enchevêtrement d'idées, de faits historiques, de discours et d'événements en est-on arrivé à cette situation où, pour la première fois dans le monde occidental depuis au moins la fin de la guerre, un journal, après avoir été décimé, est obligé de se retrancher dans un bunker à l'adresse secrète ? Et enfin, qui a nourri le crocodile en espérant être le dernier à être mangé, pour citer Churchill à l'aube de la Seconde Guerre mondiale, parce que c'est toujours la même histoire : quand on est confronté à des phénomènes qui nous font peur, certains choisissent de pactiser. Mais à un moment, le crocodile munichois devient tellement gros, à force d'être nourri de nos renoncements, que ce qui aurait pu être arrêté avec un peu de courage devient un monstre qui menace de nous engloutir. Et là, le prix à payer pour rester libres devient beaucoup plus élevé.

L'histoire que je vais vous raconter est notre histoire à tous, et c'est en partie celle, Messieurs, qui vous a conduits dans ces box. J'espère qu'elle vous intéressera.

L'histoire des caricatures

Mustapha est le meilleur correcteur que j'aie jamais eu, et j'en ai eu beaucoup. Quand il parlait de la langue française, il était passionnant, passionné, et ses yeux pétillaient. « Sa langue était sa patrie », pour citer Camus et il pouvait parler pendant des heures de l'emplacement d'un point-virgule ou de la concordance des temps. C'est important, la concordance des temps. Elle n'a pas toujours été scrupuleusement respectée au cours de cette audience, mais parfois, de petites bulles de grâce et d'élégance ont émergé, comme ce 27 octobre dernier, quand le principal accusé a utilisé le présent du subjonctif : « Vous, vous voulez des réponses qui vous satisfassent. »

Qui utilise le présent du subjonctif ? Ce n'est pas commun. Mustapha aurait aimé ce moment, ça lui aurait donné de l'espoir. Mais Mustapha est mort.

Pour lui, comme pour les autres, le compte à rebours s'est déclenché à Amsterdam le 2 novembre 2004, dans une ruelle, avec l'assassinat de Theo van Gogh, l'arrière-petit-neveu du peintre.

Theo van Gogh était journaliste, réalisateur, animateur. Il faut bien avouer que ce n'était pas un personnage sympathique. Il avait eu des propos odieux sur les Juifs : « des étoiles jaunes copulant dans une chambre à gaz ». Il avait été menacé de poursuites et je crois que ça s'était arrêté là. Ensuite, il avait tenu des propos tout aussi odieux sur Jésus, « le poisson pourri de Nazareth ». Il y avait eu des menaces de poursuites.

Et puis, en 2004, il réalise *Submission*, avec Ayaan Hirsi Ali, un documentaire dénonçant la soumission des femmes dans l'islam. Cette fois, il n'y a pas eu de plainte, mais le 2 novembre 2004, il est abattu dans une rue d'Amsterdam de huit balles dans le corps, par un jeune islamiste de la tendance takfiriste dont nous avons tant parlé au cours de ce procès.

Ensuite, son agresseur se penche sur son corps et l'égorge. Il le décapite presque. Ensuite, il lui plante deux poignards dans le torse. Sur l'un des poignards, un petit mot de menace de mort contre Ayaan Hirsi Ali – ça, c'est logique –, et contre les Juifs – ça, on ne sait pas pourquoi.

C'est la matrice de 2015. Ce même corps, ce même crime concentre les deux obsessions des islamistes : la liberté d'expression et les Juifs.

Le traumatisme aux Pays-Bas va être considérable, et d'ailleurs dans tous les pays du Nord. Pour Ian Buruma, un écrivain hollandais parmi les plus reconnus, qui y consacrera un livre, c'est la fin de l'Europe des Lumières, le retour du fanatisme, du religieux, un coup d'arrêt à la sécularisation de l'Europe. Un autre écrivain, danois cette fois, Kåre Bluitgen, d'extrême gauche donc insoupçonnable d'« islamophobie », va avoir le projet d'écrire un livre pédagogique, absolument pas polémique, sur la vie de Mahomet. Il pense que la connaissance est le meilleur rempart à la violence. Peut-être a-t-il lu ce verset du Coran et ces paroles du prophète Mahomet : « L'encre du savant est plus sacrée que le sang du martyr. »

Il veut donc faire une sorte de coran illustré comme il existe des bibles illustrées et il cherche un illustrateur. Mais il n'en trouve pas. Le seul qui acceptera exigera l'anonymat. Tout le monde refuse, la peur a déjà gagné, les ciseaux sont dans les têtes. Kåre Bluitgen s'insurge contre cette situation et écrit un article dans le grand journal de gauche danois *Politiken*, le 17 septembre 2005, pour dénoncer l'autocensure dès qu'il s'agit d'islam.

C'est alors que Flemming Rose, rédacteur en chef des pages culture du *Jyllands-Posten*, le journal de centre droit danois, lit cet article. Et il va y réagir vivement. L'histoire de Flemming Rose fait écho au témoignage de Fabrice Nicolino qui dénonçait les anciens staliniens reconvertis en soutien des islamistes, parce qu'il se trouve que, plus jeune, il avait été le correspondant en URSS de plusieurs publications et qu'il a vu les horreurs produites par l'absence de liberté d'expression, il a vu le cauchemar qu'était la société de la peur.

Alors il a décidé de ne pas laisser passer et il demande au syndicat des caricaturistes danois de lui adresser ces fameuses caricatures de Mahomet. La plupart, totalement anodines, sont publiées le 30 septembre 2005 dans le *Jyllands-Posten*.

À la suite de ça, il y a une manifestation, à Copenhague, de trois mille personnes. C'est significatif, mais il n'y a pas non plus de quoi fouetter un chat. Puis, plus rien. Pendant deux mois, au Danemark, plus rien.

Le 17 octobre suivant, ces mêmes caricatures sont publiées dans le journal *Al-Fagr* en Égypte, en plein mois de ramadan. Aucune réaction. Aucun mouvement. Personne ne réagit. Pendant deux mois, il ne va pas se passer grand-chose. En réalité, cette affaire n'a pris sa véritable ampleur, qui conduit au 7 janvier 2015, qu'en raison d'une escroquerie. Et cette escroquerie a été commise par des imams danois de la mouvance des Frères musulmans essentiellement, avec quelques salafistes.

En décembre 2005, ces imams, fâchés contre ces méchants Danois islamophobes qui empêchent d'appliquer la charia en rond, font le tour des capitales arabes pour mobiliser le monde musulman. Et pour créer de l'émotion, ils constituent un dossier comprenant bien évidemment les caricatures publiées par le *Jyllands-Posten*. Mais ils savent que ça ne suffira pas. Alors ils en rajoutent.

Nous avons récupéré le dossier diffusé par ces imams danois. Tout cela a été documenté, investigué, il y a eu de nombreux documentaires et ces imams, très rapidement, ont reconnu leur supercherie. Mais c'était trop tard, le monde s'était déjà embrasé.

Voilà le dossier qui a été diffusé. Vous le verrez, il comporte trois caricatures de plus. Deux viennent d'un site d'hystériques. Des suprémacistes blancs américains.

La première, c'est un dessin d'enfant – les caricatures danoises ne sont pas de très bonne qualité mais ce ne sont quand même pas des dessins d'enfant – représentant une espèce de diable tenant deux petites poupées, légendé « le pédophile prophète Mahomet ».

La deuxième est encore plus outrageante, elle représente un priant musulman sodomisé par un chien.

Évidemment, ces deux caricatures n'ont jamais été publiées par le *Jyllands-Posten*, c'est une pure mystification.

La troisième, c'est encore plus énorme. Il se trouve qu'à Tulle, tous les ans, est organisée la fête du cri du cochon et un jour, l'un des participants a trouvé drôle de se présenter avec un groin et des oreilles de cochon. Cette manifestation n'a pas le moindre rapport avec l'islam et pourtant cette photo a été récupérée, puis légendée : « Voilà le prophète Mahomet tel qu'il est représenté en Occident », puis incluse dans le dossier, et voilà ce qu'on a fait croire au monde arabe.

Le monde s'enflamme. Des manifestations monstres, des drapeaux brûlés, des déclarations incendiaires, des boycotts, des morts, des ambassades attaquées. Sur le fondement d'une supercherie d'escrocs de la religion, cette falsification a entraîné la mort de beaucoup d'hommes dont celle de Mustapha Ourrad.

Cette falsification a fait descendre dans la rue des dizaines de milliers de personnes qui n'ont pas vu les véritables caricatures publiées. Et ça, ça devrait définir le périmètre de la liberté d'expression de tous les journaux du monde ? Et chaque journaliste de chaque pays devrait s'y soumettre ? Et c'est nous qui avons mis de l'huile sur le feu ?

Le problème, c'est que la moitié de la classe politique et intellectuelle a tenu ces discours.

Mais qui met de l'huile sur le feu ? Qui caricature l'islam ? Nous, ou ces imams danois ?

Qui a blasphémé, si ce n'est les Frères musulmans qui ont inventé, créé et diffusé ces caricatures ?

Ce sont eux les blasphémateurs. Alors, oui, c'est dur d'être aimé par des cons, comme le disait Cabu en parlant des intégristes, mais c'est encore plus triste d'être instrumentalisés par des escrocs.

Ils ont allumé le feu et depuis quinze ans ils nous traitent d'incendiaires islamophobes. Ces caricatures sont une création des Frères musulmans, ceux qui, monsieur Farid

Benyettou[1] en a témoigné, sont la porte d'entrée vers tous les mouvements radicaux. Ceux qui sont à l'avant-garde, nous a-t-il dit, de la question des caricatures depuis le début des années 1990. C'est extrêmement intéressant parce qu'après le temps de la mystification viendra celui de la récupération politique. En janvier 2006, la très officielle Organisation de la conférence islamique qui regroupe 57 pays musulmans saisit l'ONU pour obtenir l'interdiction mondiale du blasphème. C'est une occasion en or. Elle a été créée de toutes pièces mais elle va être utilisée jusqu'à la corde. L'agenda politique se met en place. Et cette organisation demande à l'ONU l'application de la Déclaration des droits de l'homme du Caire de 1990 et plus particulièrement de son article 22, selon lequel « Tout le monde doit avoir le droit d'exprimer librement son opinion de

1. Ancien leader de la filière des Buttes-Chaumont et recruteur de nombreux candidats au jihad dont Chérif Kouachi, Farid Benyettou a purgé une peine de six ans de prison pour association de malfaiteurs terroristes avant de se déclarer repenti.

telle sorte qu'elle ne soit pas en conflit avec la charia ».

Elle finit par obtenir d'un des machins de l'ONU, le Conseil des droits de l'homme, en 2009, une résolution heureusement non contraignante pour que toutes les législations du monde soient modifiées afin de pouvoir « poursuivre toute diffamation religieuse ». Le 3 février 2006, le cheikh Al-Qaradâwî, guide spirituel des Frères musulmans, proclame un Jour de colère. Le même jour, Jacques Chirac, Bill Clinton – ancien président américain – et Kofi Annan – secrétaire général de l'ONU – déclarent que « les journaux ayant contribué à diffuser les caricatures ont fait un usage abusif de la liberté de parole » et ils font appel à « plus de responsabilité et de respect envers les sentiments religieux ».

Le monde a cédé devant l'obscurantisme, la vérité a été recouverte par le mensonge. Ceux qui détestent les libertés ont gagné, et le sang des démocraties leur donne de l'appétit. L'opération de Qaradâwî a parfaitement réussi, et ce n'est qu'une étape politique.

À l'autre bout de ce temps-là, c'est-à-dire au début de ce procès, l'un des principaux bras droits de Qaradâwî, le cheikh Mohamed Hassan Dadou, a « appelé au meurtre contre *Charlie* ». Cet homme influent, basé au Qatar, avec tous les honneurs dus à son rang, revendique un islam modéré du juste milieu et un esprit de foi et d'amour consistant à « infliger la mort de ceux qui moquent le prophète pour assouvir la soif de vengeance qui brûle dans nos poitrines ». C'est quand même de l'amour vache.

Je vous en parle parce qu'en plus d'être le numéro deux des Frères musulmans, il est l'inspirateur du meurtrier du père Hamel à Saint-Étienne-du-Rouvray, et ses vidéos semblent également avoir été consultées par le terroriste au hachoir de la rue Nicolas-Appert.

Pour la petite histoire et notre édification, un dîner caritatif a été organisé en 2019 au profit de ce sympathique personnage par la branche française des Frères musulmans, l'ex-UOIF, avec une collecte de dons, déductibles des impôts, à son profit.

Nul ne sait ce que sont devenus ces imams danois. Personne ne s'y intéresse plus. Mais depuis, dans tous les dossiers terroristes, on cite cette histoire des caricatures comme une motivation. Alors ce serait bien que cette histoire soit enseignée, qu'elle se sache, que plus personne n'ignore qu'elle a été inventée de toutes pièces.

Eh oui, au début de cette histoire, il y a des imams danois affabulateurs.

Justin Trudeau connaît-il cette histoire, lui qui nous donne des leçons d'accommodement déraisonnable ? Tous ces beaux esprits qui s'expriment tous les jours sur cette affaire des caricatures et nous expliquent qu'il y a des droits qu'il serait préférable de ne pas exercer, connaissent-ils cette histoire ?

Le prince Al-Thani du Qatar qui nous donne des leçons d'antiracisme, lui dont les travailleurs étrangers sont privés de passeport et traités comme des esclaves, connaît-il cette histoire ? Le président Erdogan qui, lui aussi, nous donne des leçons de tolérance alors qu'il fait massacrer des musulmans kurdes par milliers dans de véritables opérations de nettoyage ethnique, connaît-il cette histoire ?

Moi je ne comprends plus : massacrer des milliers de musulmans, ce n'est pas islamophobe mais publier des dessins, ce serait islamophobe. Il faudrait qu'on m'explique. Savent-ils qu'en réalité ce sont leurs amis les Frères musulmans qui ont blasphémé et caricaturé ?

Et puis j'ai un scoop pour le président Erdogan puisqu'il reproche à Emmanuel Macron d'avoir permis la publication de *Charlie Hebdo* : nous ne soumettons pas nos caricatures au président de la République avant publication. Et même s'il voulait les empêcher, il ne le pourrait pas et il ne trouverait pas un tribunal pour le suivre. Cela s'appelle la liberté de la presse et l'indépendance de la justice – concepts qui, malheureusement, n'ont plus vraiment cours dans la Turquie d'Erdogan.

Mais la machine va se gripper, en particulier en France. Le grain de sable ne s'appellera pas *Charlie Hebdo* mais *France-Soir*, avec son directeur de publication Jacques Lefranc, qui va décider, en solidarité avec les dessinateurs danois menacés de mort, de publier les fameuses caricatures. *France-Soir* appartient à l'époque à un homme d'affaires franco-égyptien, Raymond Lakah, qui débarquera Jacques Lefranc du jour au lendemain. C'en est trop. Et en solidarité, à son tour, *Charlie Hebdo* va publier ces caricatures le 8 février suivant.

Les Kouachi les ont-ils seulement vues, ces caricatures ? Ont-ils compris que le Mahomet de Cabu était du côté des non-intégristes, c'est-à-dire du bon côté puisque, précisément, il se désole d'être aimé par des « cons » désignés comme étant les « intégristes » ?

La suite, vous la connaissez. En 2006, un référé d'heure à heure pour interdire la publication de *Charlie Hebdo*, est engagé par la Mosquée de Paris et l'UOIF, qui seront déboutées.

En 2007, c'est le procès au fond, devant le tribunal. Nous le gagnons. En 2008, la décision est confirmée par la cour d'appel de Paris. Le droit est dit, et de manière parfaitement claire. La justice nous a protégés, l'affaire judiciaire est close. Nous pensions avoir gagné.

Il y a un dernier élément intéressant et peu connu sur ces caricatures, qui sont le mobile du crime. Il se trouve que le premier procès des caricatures a logiquement eu lieu au Danemark, dès 2006, avec un jugement qui est parvenu exactement aux mêmes conclusions que la justice française. Sauf que personne n'en a parlé. Quasiment aucun écho, quelques brèves. Pourquoi ? Parce que c'est la France. Et parce que c'est *Charlie Hebdo*.

Parce que la France a une histoire particulière. Parce que c'est le premier pays au monde à avoir aboli le délit de blasphème. Parce que c'est ce pays qui a apporté au monde l'idée de libre critique de la religion. Et parce que c'est *Charlie*, parce que nous avons une histoire particulière qui ne pouvait nous conduire qu'à assumer pleinement notre procès.

Alors je vais vous raconter ces deux histoires. Celle du blasphème en France et celle de *Charlie*.

L'histoire du blasphème

Cette histoire-là débute en 1740 et Cabu en est l'un des héritiers. Cabu qui adorait dessiner des procès. Il devrait être ici, à côté de ses copains. Cabu qui caricaturait toutes les religions depuis toujours, et les autres, bien plus durement que l'islam. Cabu qui caricaturait plus largement toutes les institutions, et d'abord l'armée.

Il faudrait que tous les savants commentateurs sachent de quoi ils parlent. J'ose à peine vous montrer ce qu'il a fallu que j'aille plaider un 14 juillet, jour de la fête nationale. C'était en 1993 et Cabu avait dessiné à la une de *Charlie Hebdo* l'adjudant Chanal, pantalon baissé, ouvrageant un squelette à quatre pattes avec cette légende : « Révélation :

le Soldat inconnu s'est fait enc... par l'adjudant Chanal ».

Alors que faudrait-il dire aux anciens combattants qui poursuivaient cette caricature publiée le jour le plus sacré pour eux ? Eux aussi se sont sentis offensés, blessés, heurtés. Pourtant, la justice leur a dit que cela relevait de la liberté d'expression, de la liberté des caricatures, et de la tradition française.

Comment leur expliquer que l'on peut rire férocement de ce qui est le plus important pour eux et que cela ne serait pas possible à l'égard d'une religion ? En fait, il faudrait renoncer à la totalité des caricatures. Il faudrait abandonner la possibilité de publier toute caricature, parce qu'il y aura toujours des gens que cela blessera.

Comment expliquer à Cabu qu'il pouvait dessiner cela, mais pas un dessin sur une religion ? Cabu était d'abord un pacifiste dont le regard était aussi bienveillant que son trait était mordant. Cabu était toujours joyeux, grâce à toutes ses familles. Grâce à Véronique, d'abord, à *Charlie* qu'il considérait comme son bébé, et aussi au *Canard enchaîné*. C'était l'héritier d'une longue tradition et cette tradition attaquée, assassinée, maltraitée qui donne toute sa dimension à ce procès, remonte au XVIIIᵉ siècle.

Tout a commencé avec monsieur de Maupertuis vers 1740. Ce physicien génial, inventeur de la physique quantique avec un siècle et demi d'avance, soutenait que la Terre n'était pas tout à fait ronde mais aplatie en ses deux pôles, contrairement au dogme que l'Église avait fini par admettre concernant sa rondeur.

Voilà que Dieu se serait encore trompé. La science a cet avantage sur la religion qu'elle peut se déjuger sans se discréditer. La raison progresse par ses erreurs quand la foi meurt de ses errements. Le scandale des pôles aplatis fut énorme, et tel que Louis XV envoya deux expéditions, aux deux pôles, trancher cette controverse. Il confia l'une d'elles à Maupertuis qui se rendit en Laponie, fit ses mesures, et constata que la Terre n'était que partiellement ronde. Le coup fut rude pour l'Église.

Cinq ans plus tard, forts de cet exemple, une dizaine d'hommes se réunissent. Ils s'appellent D'Alembert, Diderot, Rousseau…

Et ils décident d'appliquer la méthode de Maupertuis à toutes les activités humaines : aux lettres, aux sciences, à l'agriculture, à la philosophie. Et leur œuvre va devenir l'*Encyclopédie*, immédiatement mise à l'Index par le pape pour hérésie. Ils ont regardé le monde débarrassé de Dieu, ils l'ont regardé sous l'angle de la raison et tout va changer. Le monde ne sera plus jamais le même, on change de paradigme.

En quelques années, on va passer d'une société qui écartelait en place publique à Beccaria qui réclame l'abolition de la peine de mort. On va revendiquer l'égalité entre les hommes et les femmes, c'était inimaginable jusqu'alors. En quelques années, des voix s'élèvent pour exiger l'égalité pour les Juifs et l'abolition de l'esclavage. Les encyclopédistes ont changé le monde et les valeurs bourgeoises – le travail, la transmission des connaissances – vont remplacer les valeurs aristocratiques – la gloire par les armes, l'élitisme.

Les révolutionnaires sont les enfants des encyclopédistes et ils savent ce qu'ils leur doivent. Alors lorsqu'en 1789, ils proclament la Déclaration des droits de l'homme et du citoyen, ils vont sacraliser la liberté d'expression et, pour la première fois dans l'histoire de l'humanité, déclarer qu'il s'agit d'une liberté fondamentale avec une magnifique formule, celle de Mirabeau, réservée à cette seule liberté, « l'un des droits les plus précieux de l'homme ». Ils savent que c'est la liberté-mère et que sans elle, aucune autre ne peut exister.

Et en 1791, les révolutionnaires vont supprimer le délit de blasphème du code pénal.

Pourtant, deux cent vingt-quatre ans plus tard, Cabu est mort d'avoir blasphémé ! 1791, c'est aussi l'année du décret accordant l'égalité pour les Juifs. Encore une fois, la question est intimement liée à la liberté d'expression.

Il va falloir attendre un siècle de plus pour passer de la proclamation à la concrétisation. En 1881, c'est la grande loi sur la liberté de la presse, un des piliers de notre République, qui est votée le 29 juillet.

Les débats font alors rage à l'Assemblée, et il est frappant de constater à quel point les affrontements se focalisent sur les mêmes questions qu'aujourd'hui. C'est comme si *Charlie Hebdo* existait déjà.

Les deux points qui font difficulté sont le statut particulier du dessin et la question de l'offense à la religion. Sur le premier point, c'est le rapporteur de la loi, Eugène Lisbonne, qui répondra qu'il n'y a « que l'arbitraire qui puisse maintenir une différence entre la plume de l'écrivain et le crayon du dessinateur ».

Et sur le second point, c'est Clemenceau, qui, à l'Assemblée, répondra à l'évêque d'Angers invoquant la blessure des catholiques outragés : « Dieu se défendra bien lui-même, il n'a pas besoin pour cela de la Chambre des députés. » C'est quasiment cette même formule qui sera reprise plus d'un siècle plus tard par le mufti de la mosquée de Marseille à propos des caricatures de Mahomet : « Un musulman qui croit que Dieu n'est pas assez grand pour se défendre tout seul est un musulman qui doute de la toute-puissance divine et n'est pas un bon croyant. » Ce n'est pas compliqué à comprendre. Dieu peut se défendre tout seul contre les pauvres mortels que nous sommes, ce n'est pas la peine de supprimer ses créatures.

Alors vous voyez, Monsieur le président, Mesdames et Messieurs de la cour, Madame et Monsieur du parquet, nous n'avons pas le choix. Renoncer à la libre critique des religions, renoncer aux caricatures de Mahomet, ce serait renoncer à notre histoire, à l'*Encyclopédie*, à la Révolution et aux grandes lois de la Troisième République, à l'esprit critique, à la raison, à un monde régi par les lois des hommes plutôt que par celles de Dieu. Ce serait renoncer à enseigner que l'homme est cousin du singe et ne provient pas d'un songe, renoncer aussi à ce que la Terre ne soit pas totalement ronde. Ce serait renoncer à considérer la femme comme l'égale d'un homme. Ce serait renoncer à ce que les homosexuels ne soient pas punis de mort après d'atroces supplices, et je précise que, curieusement, les 72 pays au monde où l'homosexualité reste une abomination sont à peu près les mêmes que ceux où le délit de blasphème continue à exister. Ce serait renoncer à jouer la pièce de Charb sur les escrocs de l'islamophobie qui font le jeu des racistes comme on a déjà renoncé à jouer l'*Idoménée* de Mozart ou le *Mahomet* de Voltaire parce que la peur a gagné. Les auteurs ont bien compris que, lorsque les islamistes désapprouvaient une œuvre, ils voulaient non seulement supprimer celle-ci, mais aussi l'auteur de l'œuvre. Ce serait renoncer à l'indomptable liberté humaine pour vivre enchaînés.

Ce serait renoncer à ce merveilleux droit d'emmerder Dieu ! Et ça Cabu, tout gentil qu'il était, eh bien il ne pouvait pas !

C'était ça *Charlie*. C'est ça *Charlie*. On ne renoncera pas. Jamais, jamais, jamais. Et c'est notre droit. Celui consacré par nos tribunaux. Mais également par la jurisprudence de la Cour européenne des droits de l'homme, il faudrait aussi y renoncer ? C'est ce qui lie des centaines de millions d'Européens.

Et c'est cela que nous demandent certains intellectuels français.

Prenons un archétype : Emmanuel Todd. Vous savez, c'est celui qui considère que les quatre millions de manifestants du 11 janvier 2015 représentaient « la France moisie » des « catholiques zombies » et ce sur le fondement de données démographiques tout aussi bidonnées que les caricatures l'ont été par les imams danois.

Son argumentation, représentative de ce courant intellectuel, est la suivante : « Blasphémer l'islam, c'est humilier les faibles de la société que sont les immigrants. »

Or, que dit la Cour européenne des droits de l'homme ? L'arrêt Otto-Preminger du 20 septembre 1994 et tous les arrêts prononcés depuis reprennent la même formulation. La cour dit : « Ceux qui choisissent d'exercer la liberté de manifester leur religion, qu'ils le fassent en tant que membres d'une majorité ou d'une minorité religieuse, ne peuvent raisonnablement s'attendre à être exemptés de toute critique. Ils doivent tolérer et accepter le déni... Et même la propagation par d'autres de doctrines hostiles à leur foi. »

Et c'est sur ce fondement-là, de même que sur le fondement de notre jurisprudence, que des journaux, en l'occurrence il s'agissait de *La Grosse Bertha*, ont pu publier une caricature du pape sodomisé par un travesti. Et le tribunal, la cour d'appel de Paris, et même la Cour de cassation, par arrêt du 8 mars 2001, ont considéré que cela relevait de la liberté des caricatures. Alors comment faire ? Comment considérer que ces dessins sur le christianisme seraient possibles mais pas des caricatures concernant l'islam ? Il y a un moment où il faut bien le dire, et je le dis avec un désir d'inclusion : l'islam ne peut pas être la seule religion de ce pays à exiger de ne pas être critiquée. Ce n'est pas possible. Il ne peut pas exister un traitement de faveur pour l'islam. L'islam peut être offensé, comme le christianisme, comme le judaïsme, comme toute autre religion. C'est ça, la République. On ne peut pas sortir l'islam du pacte républicain. Ce serait le pire des services à lui rendre. Ce serait créer de la frustration et de l'incompréhension. Ce serait la première marche de l'idolâtrie et du fanatisme. Que les idéologues et les officines de malheur arrêtent de faire croire qu'il y aurait une discrimination d'État, il n'y en a pas. Il y a l'égalité pour tous, et le même traitement pour toutes les religions. Les religions doivent faire l'objet de la satire, et pour reprendre les mots de Salman Rushdie,

« de notre manque de respect intrépide ». C'est autre chose qu'Emmanuel Todd.

C'est autre chose aussi que les pensées d'une haute portée philosophique et d'une hauteur de vue spirituelle incroyable, accrochez-vous bien Monsieur le président, du pape François qui, le 19 janvier 2015, douze jours après les attentats, prononçait cette phrase culte : « Si un grand ami parle mal de ma mère, il peut s'attendre à un coup de poing, et c'est normal. On ne peut provoquer la foi des autres. »

Mais qui provoque qui ? Qui insulte l'humanité en tuant à coups de kalachnikov, de machette ou en décapitant ? Ceux qui ont la foi ! Il n'y a jamais eu un crime dans l'histoire de l'humanité commis au nom du droit de rire de Dieu. Les mères éplorées, ce ne sont pas celles du pape. Les mères éplorées, elles se trouvent dans cette salle d'audience. Qui tue ? Qui emprisonne ?

Pendant le temps même de ce procès, le 8 septembre 2020, Asif Pervaiz, un Pakistanais en prison depuis déjà sept ans, a été condamné à mort pour avoir blasphémé par SMS. Le 17 septembre, au Bangladesh, un Hindou a été condamné à sept ans de prison pour des propos publiés sur Facebook – on ne sait même pas lesquels. Fin août, Yahaya Sharif-Aminu, un jeune chanteur nigérian de 22 ans, lui aussi en détention, a été condamné à mort pour une chanson diffusée sur WhatsApp. Et si on remonte un peu plus loin, Rimsha Masih, 14 ans, jeune chrétienne déficiente mentale, est emprisonnée au Pakistan parce qu'elle a déchiré une page d'un ouvrage religieux. Le problème, c'est qu'elle ne sait même pas lire, donc elle ne savait pas ce qu'elle déchirait.

Fatima Naoot, poétesse égyptienne : trois ans de prison pour avoir critiqué le sacrifice des animaux. C'est ça, une société sans liberté de critiquer Dieu. On ne peut même plus critiquer l'abattage rituel.

Nahed Attar, journaliste jordanien, abattu dans la rue pour avoir simplement partagé une caricature. Ce qui me rappelle évidemment, mais c'est plus ancien, Naguib Mahfouz, prix Nobel de littérature, poignardé à la gorge dans une rue du Caire et Sadiq Mallalah décapité pour blasphème en Arabie Saoudite, sans parler évidemment d'Asia Bibi qui a été condamnée à mort pour avoir bu dans un puits réservé aux musulmans.

Mais le plus fou, c'est que le 25 septembre dernier, le jour même de l'attentat au hachoir rue Nicolas-Appert, le Premier ministre du Pakistan, Imran Khan, ce merveilleux pays qui condamne pour blasphème des gamines de 14 ans, est venu se plaindre à la tribune de l'ONU de l'islamophobie de *Charlie Hebdo* et du monde, sans aucune réaction diplomatique de la France. Cela relève de l'hystérie pathologique.

Oui, il faut prendre des risques pour essayer de faire en sorte que nos enfants ne vivent pas dans le monde des Kouachi, des Coulibaly et des Imran Khan. La liberté de critique des idées et des croyances, c'est le verrou qui garde en cage le monstre du totalitarisme.

Ce qui souille l'humanité, ce qui insulte Dieu s'il existe, ce ne sont pas nos caricatures, c'est le meurtre d'innocents, ce sont les propos de comptoir du pape, ce sont les délires paranoïaques d'un Premier ministre pakistanais, c'est l'absence de doute qui caractérise le fanatisme, c'est ce puissant venin pour l'esprit qu'est l'idéologie victimaire, celle du fameux deux poids, deux mesures, ou de l'accusation d'« islamophobie », là où, en réalité, le droit s'applique de la même manière pour tous. Ce poison-là configure les esprits dans le rejet de l'Autre et la violence. Ce qui souille l'humanité, c'est la bêtise de ces tribunes, de ces articles, de ces prises de parole expliquant qu'il serait responsable d'abandonner les caricatures de l'islam pour en faire une religion d'exception.

Le problème, c'est que nous n'avons jamais publié de caricatures de l'islam, ni d'ailleurs d'autres religions. Toutes les caricatures publiées qui ont fait débat l'ont été à l'occasion de débordements intégristes et violents, et de l'irruption du religieux dans le politique.

C'était le cas des caricatures danoises. C'était encore le cas des caricatures qui ont été montrées en classe par Samuel Paty. C'était aussi le cas des caricatures contre l'Église au moment de la réforme de la loi Falloux, en 1993.

À chaque fois, ce qui est critiqué, c'est le fanatisme religieux, pas la religion en elle-même. Ce n'est jamais gratuit. Autrement dit, ce que l'on nous demande, c'est d'abandonner le droit de nous moquer du fanatisme. On ne peut pas renoncer. Ce serait récompenser le vice, honorer la supercherie, célébrer l'infamie.

Nous ne pouvons pas, parce que nous sommes *Charlie* et parce que nous avons une histoire particulière.

L'histoire de Charlie

Cette histoire, c'est aussi celle de Georges Wolinski. Tout le monde connaît le génie du dessin de presse qu'il était, mais c'était aussi un grand scénariste de bande dessinée. Il avait scénarisé *Paulette*, ce chef-d'œuvre de la bande dessinée érotique illustré par l'immense Georges Pichard. Encore un livre que les Kouachi n'ont certainement pas lu.

C'était, comme les autres, quelqu'un de joyeux, d'extraordinairement doux, avec une pointe de mélancolie, et un amoureux aussi. Et c'était émouvant de voir son amour pour Maryse. C'était aussi un des fondateurs de *Charlie*, cette aventure incroyable de quelques électrons libres, anticonformistes, qui ont fini par écrire un bout de l'Histoire de France alors que c'étaient les derniers à en avoir l'ambition. Comment ça a pu tomber sur les gens les moins consensuels, les plus solitaires, les plus foutraques, les plus désorganisés ? Si Dieu existe, il n'est pas, lui, dénué de sens de l'humour et d'une sacrée ironie.

En 1960, dans la France corsetée du général de Gaulle, Cavanna et Choron se rencontrent et décident de créer un journal transgressif, d'abord de dessins, un journal pour bousculer la société. Ça sera *Hara Kiri*, avec pour slogan « Si tu ne peux pas l'acheter, vole-le ». Cabu les rejoint la même année, puis Gébé, Topor, Wolinski, Reiser. En 1970, c'est l'interdiction – vous connaissez l'histoire. Le 1er novembre, un incendie dans une discothèque cause la mort de 146 personnes, le 9 novembre, le général de Gaulle meurt, et le 16 novembre, *Hara Kiri* titre « Bal tragique à Colombey – 1 mort ». Cela n'a pas du tout faire rire le ministre de l'Intérieur de l'époque Raymond Marcellin, qui, par toute une série de mesures, interdit le titre *Hara Kiri*. Il existait alors une publication appelée *Charlie Mensuel*, en référence à Charlie Brown, des *Peanuts*. Charlie… Charles, ça tombait bien. Choron et Cavanna vont créer une déclinaison hebdomadaire, qui devient *Charlie Hebdo*.

Autrement dit, ce journal est né de la censure de son prédécesseur. Sa première couverture sera consacrée à dénoncer… la censure en France. Cette idée, c'est son ADN, ce journal ne pouvait pas y renoncer.

En 1975, c'est l'hebdomadaire le plus vendu de France. Coluche le rejoint en 1979 et *Charlie* accompagne sa campagne présidentielle.

En 1981, la gauche arrive au pouvoir et tout change. Le temps n'est plus à la transgression, le journal n'a probablement pas su se renouveler. Il périclite, et vous vous rappelez certainement son enterrement dans ce fameux *Droit de réponse* culte de Michel Polac au cours duquel un déferlement d'insultes sera échangé.

Dix ans d'interruption.

En 1992, sous la houlette de Philippe Val, Cabu, Wolinski, Gébé, Cavanna et le chanteur Renaud décident de relancer le titre.

Je me revois, à 23 ans, rédigeant, probablement très mal, les statuts de la société éditrice de ce journal que, par une triste ironie de l'Histoire, ils avaient appelé « société Kalashnikov ». Ce journal devient une pépinière de talents, mélangeant les Anciens et les Modernes : Siné, Joann Sfar, Jul, Riad Sattouf, Catherine Meurisse, Fourest, Corcuff, Polac, Cavanna, Gébé. Tous ceux, évidemment, dont vous avez entendu parler lors de cette audience, et tant d'autres qui m'excuseront.

Des crises, des ruptures, des psychodrames, il y en a eu tant que je ne pourrais m'en rappeler. Mais s'il y avait un consensus, c'est que la critique des religions ne devait pas faire discussion. Je précise : des religions, pas des hommes à raison de leur religion. C'est toute la différence.

Ce journal est à nouveau devenu incontournable. En 2006, c'est la publication des caricatures. Je reviendrai sur la période ultérieure où tout s'est dégradé.

Et puis en 2015, il y a eu l'attentat. Mais en dépit de cet attentat, et jusqu'à aujourd'hui, ce journal reste l'empêcheur de tourner en rond d'une époque que nous n'avons probablement pas vu changer. Une époque où le rire est redevenu sacrilège.

Et cela me fait furieusement penser à ce livre d'Umberto Eco, *Le Nom de la rose*, et au film du même nom. L'histoire part d'un fait réel. Nous sommes en 335 avant Jésus-Christ. Aristote écrit son traité de la *Poétique*. Le premier volume est consacré à la tragédie, et il est parvenu jusqu'à nous. Le second volume était consacré au rire, mais celui-là a été perdu par l'histoire.

Et Umberto Eco se saisit de ces faits et imagine que ce traité a été retrouvé et est conservé à l'abri du regard dans un monastère du nord de l'Italie en pleine Inquisition. Un moine le découvre et comprend que le rire est un tel instrument de vérité et de liberté, un tel instrument de lutte contre le fanatisme que ce traité est le plus dangereux qui soit. Alors il en empoisonne le bord des pages pour que toute personne qui le consulte en meure.

On a l'impression que cette histoire se rejoue éternellement. Mais en dépit de ces morts, de toute cette douleur que vous avez entendue au cours de l'audience, ce journal continue à faire vivre le rire. Ce journal vit dans un bunker, mais il vit. Il vit avec des journalistes qui ne peuvent plus marcher dans la rue à côté de leurs épouses ou de leurs enfants mais il vit. Il vit entouré de policiers, mais il vit. Il vit avec ses disparus et ses blessés. Il vit sous les menaces d'Al-Qaïda, de Daech, du Pakistan, de l'Iran, de la Turquie d'Erdogan – à qui ça ne pose pas de problème de parler d'insulte à la religion au moment où il transforme Sainte-Sophie en mosquée. Ce journal vit avec des milliers de difficultés dont vous n'avez pas idée. Il vit après une année 2015 dont je ne peux pas parler tellement elle a été douloureuse, mais Riss l'a fait dans son livre. Il vit grâce à ses lecteurs et à tous ceux qui nous ont aidés. Il vit grâce à cette merveilleuse banalité du Bien. Il vit, et pas dans la peur. Et même si nous devions tous disparaître, même si ce journal devait disparaître, eh bien il vivrait davantage encore. C'est ça que ces terroristes ne comprennent pas. Ce minuscule journal de vingt personnes a été emporté malgré lui dans le tourbillon de l'Histoire, et c'est devenu un symbole. Il représente une Idée, et il ne mourra plus. Jamais. On ne tue pas une idée.

Et puis il vit enfin grâce à ceux et celles, les survivants, les familles de ceux qui ne sont plus, et qui sont venus à cette barre, et qui nous ont donné une leçon de dignité. Tous, avec leurs mots, ont dit le manque et l'amour, les souvenirs et la douleur, les combats et la tristesse, les révoltes et la tendresse. Ils ont composé un merveilleux hymne à la vie, et c'est le plus bel hommage qui pouvait être rendu à ceux qui ne sont plus. Ils sont la dignité face à l'obscénité.

On ne peut pas tuer une idée, mais on a tué Elsa Cayat. Malheureusement, je ne peux pas vous en parler parce que je ne la connaissais pas. Elle était arrivée à *Charlie* il n'y a pas si longtemps.

Mais je peux vous parler d'Honoré, l'artiste de la bande. Il avait créé un genre, une technique à lui. Il avait inventé une manière de dessiner, il jouait avec les mots et avec les formes. C'était un dessinateur poétique, très engagé, évidemment au bénéfice des plus faibles, des plus fragiles. S'il venait à qui que ce soit l'idée saugrenue d'invoquer les bombardements de la coalition en Syrie pour justifier ces attentats, je précise qu'Honoré, lui, n'a bombardé personne. On ne peut pas, comme cela a parfois été esquissé au cours de l'audience, prétendre que ce serait à cause des bombardements en Syrie que les attentats ont eu lieu. Il n'y a pas de justification au meurtre des innocents. Il n'y a que la guerre éternelle de la barbarie contre la civilisation, et il n'y a pas de cause à cette guerre dans la civilisation. Ce ne sont pas nos dessins qui sont coupables. C'est la barbarie. Et les attentats d'Autriche, du Mozambique et du Nigéria le démontrent amplement.

Les accusés

Cette réflexion sur les moyens de défense que l'on a vu s'esquisser au cours de cette audience m'amène à consacrer quelques instants à celle-ci. Je l'ai dit, je ne suis pas là pour accuser et je ne le ferai pas. Mais trois observations s'imposent néanmoins.

La première, c'est que dans un procès où les crimes ont été commis aux cris d'« Allah akbar ! On a vengé le prophète ! », il serait assez curieux de nous reprocher, comme cela a été fait, de parler de religion ou de trop parler de religion. C'est comme si vous jugiez un trafiquant de drogue qui vous interdisait de parler de sa marchandise.

Ça n'a aucun sens.

Mais qui nous oblige à parler de religion ? On aimerait bien s'en passer, on est tous mal à l'aise de devoir en parler. Mais les victimes ont été tuées au nom du prophète, alors comment faire ?

Et cet argument sonne désagréablement à mes oreilles. Il exprime la volonté d'imposer le déni de la réalité par la culpabilisation et la victimisation permanente. Pour faire simple, on vous tue au nom de la religion, mais c'est vous qui êtes coupables d'en parler. Eh bien ça, ça ne marche plus, ça ne marchera plus, c'est trop gros. On n'inversera pas les rôles entre les bourreaux et les victimes.

Deuxième observation concernant cet écran de fumée qu'on a tenté d'organiser s'agissant de la responsabilité éventuelle de la police. Je ne sais pas si la police a bien, ou mal, protégé *Charlie Hebdo*. Et certaines choses me restent en travers de la gorge, comme ce tract du syndicat Alliance qui dénonçait la protection de *Charlie Hebdo* en 2013 dans un texte où celle-ci était jugée « inadmissible » avec trois points d'exclamation. Mais ce que je sais de manière certaine, c'est qu'aucun policier n'a appuyé sur la gâchette et qu'aucun policier n'a fourni les armes, les gilets pare-balles et l'argent pour organiser ces attentats. Alors c'est un autre procès et on ne peut pas diluer les responsabilités et organiser une tentative de diversion en invoquant un défaut de protection. S'il y a eu des failles, eh bien il faudra mettre en cause la responsabilité de l'État. C'est un autre procès.

Cette diversion ne trompe personne.

Dernière observation. Je ne me prononcerai pas sur la culpabilité des accusés mais, pour moi, il y a un crime dans ce dossier qui ne figure nulle part dans le code pénal mais dont au moins toutes les personnes qui ont connu Coulibaly sont coupables : c'est le crime d'indifférence. Le crime de complaisance active.

Coulibaly était un délinquant qui sortait de prison. Il avait été poursuivi pour terrorisme. Il était très violent et très dangereux. De nombreux accusés et témoins nous l'ont dit. Coulibaly parle à qui veut l'entendre des persécutions des musulmans dans le monde, et c'est un marqueur. Il parle à qui veut l'entendre du mauvais traitement des musulmans de France, et c'est un marqueur. Il parle de la Palestine et des sionistes, et c'est un marqueur. Surtout, il est obsessionnellement antisémite. On ne se réveille pas un matin en se disant « Je vais tuer des Juifs ». Cela remonte à loin, c'était une obsession. Et cette obsession évidente, nous en avons la preuve dans le dossier. C'est l'épisode de la Mini Cooper. Au premier énervement, quand Coulibaly insulte, ce qui vient, c'est la phrase suivante : « Je vais tuer ce fils de putain de Juif. » Quand on est capable de dire ça aussi instinctivement, c'est qu'on le dit tout le temps, c'est qu'on ne se cache pas, c'est qu'on en est fier, c'est qu'on ne voit pas le problème. Ses dialogues devaient regorger de ce type de propos.

Et puis, il y a un étrange climat dans ce dossier. On y apprend qu'en prison, Abou Bakr Al-Baghdadi, le « calife » de Daech, c'était le messie, et que la religion, ça apaise. Ils nous l'ont tous dit. Ça n'apaise pas au point de ne pas se livrer au trafic de stupéfiant, aux escroqueries, et de ne pas frapper des femmes avec une grande facilité. Il faudrait peut-être changer de doudou. Et il y a aussi ces réunions de « rappel de la religion » où l'on dit : « Les Juifs sont les ennemis de l'Islam. » C'est l'ex-femme d'un des accusés qui nous l'apprend. Et toutes ces sornettes que l'on nous a racontées. Certains ont même essayé de nous dire « On ne parle pas de religion en prison ». Ce serait même un lieu de déradicalisation. Ben voyons… L'un des accusés se distingue aussi par ses notions géographiques. À chaque fois que vous lui demandez s'il est allé en Syrie, il vous répond « Non je suis allé à Damas ». Oui, mais Damas n'est pas la capitale de la Suède.

La conclusion de tout cela, c'est qu'avec un tout petit peu de morale, de prudence et d'intelligence, tous les voyants auraient dû être au rouge pour ceux qui sont dans le box et qui ont connu Coulibaly. Or, de la morale, ils en ont. Mais ils ont choisi une morale préhistorique, « On ne balance pas », et c'est une morale d'airain, intangible. Que n'ont-ils eu autant de principes pour s'abstenir d'aider un délinquant qui avait été poursuivi pour terrorisme, qui était extrêmement dangereux, et manifestement antisémite.

De la prudence, ils en font preuve. À la moindre alerte, ils se débarrassent de leur téléphone.

Et ils sont intelligents. Le principal accusé utilise le présent du subjonctif, il a une mémoire d'éléphant. Il argumente pied à pied. Il connaît chaque pièce de son dossier. Il en voit toutes les failles. Pour un autre accusé, on nous dit qu'il a une intelligence au-dessus de la moyenne. Un troisième est tellement intelligent qu'il ne peut pas s'empêcher de le montrer. Il a le sens de la repartie, ses répliques fusent. Il est séducteur, il aime faire des bons mots.

Ils ont la morale de leurs intérêts, ils sont prudents, ils sont intelligents. Ce qui les rend d'autant plus impardonnables d'avoir été les amis de Coulibaly, de l'avoir aidé et d'avoir fermé les yeux sur ce qu'il était et sur ce qu'ils faisaient, eux. La vérité, c'est l'un des accusés qui nous l'a indiquée : « On ne se pose pas de question. »

Des questions, ils ne veulent surtout pas s'en poser. Alors il y a un moment, eh bien c'est un problème de ne pas se poser de question. Surtout quand l'indifférence devient active.

Ceux qui ont soufflé sur les braises

Sans cette complaisance des entourages, des amis, des familles, combien de morts évitées ? Peut-être que Bernard Maris et Tignous seraient encore parmi nous.

Je les évoque ensemble, car c'est la dernière image que j'ai d'eux, telle qu'on nous l'a racontée, autour de la table de rédaction, débattant vivement du roman *Soumission* de Michel Houellebecq, et s'opposant sur les racines du terrorisme : Tignous avançait des causes sociales quand Maris les réfutait. C'est à ce moment précis que la terreur dont ils parlaient est survenue.

Autre chose les réunissait, c'était leur gentillesse, et c'est une belle qualité. Maris rêvait d'être reconnu comme écrivain, il n'en a pas eu le temps. Tignous avait réalisé un merveilleux album sur le procès Colonna, était membre de la presse judiciaire et n'avait pas non plus fini d'explorer son génie graphique.

Tignous était aussi impliqué que tous les autres dans les mouvements sociétaux antiracistes, de solidarité avec les plus démunis... Tous.

Ils ont tous les deux vécu la dégradation de la situation de *Charlie* entre 2006 et 2015, qui a inexorablement conduit à l'attentat.

La mèche de cet attentat a été allumée par les imams danois en 2006. Mais la mèche était très longue, elle a brûlé pendant près de dix ans, et pendant ce temps, beaucoup ont soufflé dessus – non pas pour l'éteindre, mais pour l'entretenir. Pour l'alimenter. Pour lui donner son oxygène. C'est la chronique non pas des complicités intellectuelles, car dans une salle d'audience, le terme de complicité est impropre. Mais celui du cynisme et des compromissions ordinaires.

Durant neuf ans, de 2006 à 2015, des enfants gâtés de la République n'ont eu de cesse de nous reprocher d'exercer nos droits, des droits arrachés à l'Église et à l'État, et il leur fallait un argument. Alors ils ne pouvaient pas dire « Rétablissons le blasphème », donc ils ont dit, comme Emmanuel Todd, « Vous humiliez des populations défavorisées ». Sauf que cet argument de l'humiliation était une bombe à retardement qui a explosé bien au-delà de *Charlie*. Il est en train de disloquer notre société et de transformer des êtres humains en fanatiques. Ce sentiment d'humiliation dont Claude Lévi-Strauss s'inquiétait déjà en 1955 dans son livre *Tristes Tropiques*, parce qu'il créait un désir de « néantisation d'autrui ». Le problème de l'Autre, encore l'Autre.

Ce sentiment, certains d'entre nous l'ont alimenté avec gourmandise. Je n'en parle pas pour régler des comptes mais parce que cela doit faire réfléchir, pour que cela ne se reproduise pas. Ce procès doit aussi servir à cela.

Rappelons-nous ce qu'a dit Farid Benyettou, encore lui : « Il y a toujours eu chez les Frères musulmans une volonté de dire que les gens en veulent à l'islam. » Ce piège de la culpabilisation a parfaitement fonctionné.

Qui a un peu, beaucoup, passionnément soufflé sur la mèche ?

Cela s'est réalisé en trois grandes étapes. La première fut celle de la publication des caricatures danoises, nous sommes en 2006. Je vous ai déjà parlé de Jacques Chirac, qui était alors président de la République, mais son Premier ministre, Dominique de Villepin, le 3 février 2006, disait cela lors d'une conférence de presse à Troyes : « Il faut éviter bien sûr tout ce qui blesse inutilement, et en particulier dans le domaine des convictions religieuses. » Ça, c'est la version des caricatures qui doivent être gentilles.

Puis il y a Pascal Clément, son ministre de la Justice, sur RTL, toujours le 3 février 2006 en écho à la dépêche AFP annonçant la publication des caricatures dans *Charlie Hebdo* : « Il faut bien comprendre que si, nous, pays catholique, on est habitué, il faut peut-être admettre que ceux qui sont de culture musulmane ne le sont pas et cela les choque profondément. » C'est la thèse selon laquelle les musulmans n'ont pas d'humour, n'ont pas de recul sur eux-mêmes, ils ne peuvent pas comprendre, donc il faut les traiter comme des enfants. Qui est raciste ? Ce n'est pas nous, ni nos dessins, ce sont ces discours.

Philippe Douste-Blazy, ministre des Affaires étrangères, le même jour sur LCI : « Il n'est pas normal de caricaturer l'ensemble d'une religion à un mouvement extrémiste, voire terroriste. »

Jean-Marie Le Pen, président du Front national, le 2 février 2006 : « Les croyants ont droit au respect de leur croyance, qu'ils soient musulmans, juifs ou chrétiens. » Non, ils n'en ont pas le droit, Monsieur Le Pen, il faut aller réviser votre droit à l'université.

Renaud Donnedieu de Vabres, ministre de la Culture et de la Communication : « J'estime qu'il est aussi du devoir de ce quotidien [*France-Soir*] de respecter les convictions religieuses et philosophiques de nos concitoyens. » Eh bien non, Monsieur Donnedieu de Vabres, dont on aurait pu penser au regard de ses fonctions que lui, au moins, chercherait à protéger la liberté d'expression.

Les croyances ne peuvent jamais exiger le respect. Seuls les hommes y ont droit. Aucune croyance, aucune idée, aucune opinion ne peut exiger de ne pas être débattue, critiquée, caricaturée.

Parce qu'à défaut, on n'accepterait plus de vivre qu'entre personnes pensant la même chose. Et tout débat, toute controverse serait estimée « offensante ». C'est le chemin de l'obscurantisme. Les idées, ça se confronte et ça se débat.

Élisabeth Guigou, ancienne ministre de la Justice, le 3 février 2006 : « C'est odieux d'assimiler l'islam au terrorisme. L'amalgame est totalement inadmissible et je comprends qu'il choque et blesse les musulmans car l'islam est une religion de paix. »

Une religion de paix ? Mais il faut vraiment ne jamais avoir lu le Coran et la Torah pour considérer qu'il s'agirait de religions de paix et d'amour. On y imagine mille supplices pour ceux qui s'écartent du chemin, des menaces, des sanctions, des raffinements plus cruels les uns que les autres pour exécuter les condamnés à mort. Ce ne sont pas des textes de paix et d'amour.

Pour être honnête, seul le Nouveau Testament l'est. Le problème, c'est que la religion catholique a causé bien plus de morts que toutes les autres. La Saint-Barthélemy, c'est trois mille morts à Paris en une seule nuit. Ce bâtiment entier ne suffirait pas à en organiser le procès. Et trente mille morts en France la nuit en question. Les croisades et l'Inquisition additionnées, ce sont des millions de morts. Et pour en revenir à l'islam dans une période récente : deux cent mille morts en Algérie durant la décennie noire, quatre cent mille morts en Syrie, les Yézidis massacrés…

Non, les religions ne sont pas faites que de paix et d'amour, elles sont ce que les hommes en font.

Cette prose de madame Guigou, c'est le péché originel. Elle dit le refus de voir la part obscure de soi-même, donc la volonté de se mentir et de sombrer dans cette obscurité, en tout cas de l'alimenter.

Les religions ont structuré l'humanité en lui apportant une morale, mais elles peuvent aussi conduire au pire.

Poursuivons. Marielle de Sarnez : « La laïcité, c'est aussi éviter de blesser les sensibilités. » Et bien avec ça, elle aurait été belle, la loi de 1905. Je rappelle qu'à l'époque, on a carrément envoyé l'armée aux prêtres récalcitrants.

Le MRAP a dénoncé l'islamophobie rampante de *Charlie Hebdo*, mais au moins sont-ils présents aujourd'hui et je les en remercie. Ce n'est pas le cas de la Ligue des droits de l'homme. La seule grande association antiraciste absente. Fondée au moment de l'affaire Dreyfus, elle n'est pourtant pas là, aujourd'hui, aux côtés des victimes de l'Hyper Cacher. Créée par Ferdinand Buisson, un des inventeurs de la laïcité, fervent défenseur de la liberté d'expression et des caricatures, elle n'est pas aux côtés des victimes de *Charlie Hebdo*. Elle a mieux à faire : elle préfère défendre le CCIF. Le choix des combats en dit long. C'est un véritable naufrage, une trahison de son histoire. Évidemment, la Ligue des droits de l'homme nous a aussi accusés de provocations.

Et puis, il y a Robert Ménard, alors secrétaire général de Reporters sans frontières, qui dénonçait ces caricatures : « En Occident, il faut marquer une pause pour ne pas faire des gestes qui peuvent être, dans le climat d'aujourd'hui, interprétés comme de la provocation. »

Il y a Franco Frattini, commissaire européen à la Justice et à la Sécurité – ce n'est pas rien – qui, le 9 février 2006, invitait la presse à envisager l'adoption « d'un code de conduite pour éviter une réédition de la crise suscitée par la publication des caricatures de Mahomet ».

Tous ces gens ont une responsabilité. Ils ont fait naître l'idée que les caricatures étaient injustes, que nous étions les ennemis des musulmans, des ennemis livrant une guerre injuste. Et ils nous ont collé une cible dans le dos.

C'est allé plus loin encore. Et en 2006, deux députés de l'UMP d'alors, dont le vice-président de l'Assemblée nationale, monsieur Éric Raoult, ont déposé une proposition de loi pour rétablir le délit de blasphème et modifier la loi dans ce sens : « Tout discours, cri, menace, écrit, imprimé, dessin ou affiche outrageant portant atteinte volontairement aux fondements des religions est une injure. »

Mais quels sont les fondements de la religion dont il serait interdit de rire et que je serais légalement obligé de respecter ? Qu'Ève a été créée à partir d'une côte d'Adam ? Que Dieu a supprimé les pattes des serpents pour les punir de nous avoir poussés à la tentation ? Que Moïse a ouvert la mer en deux ? Que Jésus a marché sur l'eau ? Que soixante-dix vierges attendent les kamikazes ? Que devrais-je être obligé de respecter ? Le droit de battre sa femme quand elle n'est pas gentille ? Quels sont les fondements de la religion que l'on ne pourrait plus interroger, sauf à se rendre coupable d'un délit pénal ?

Quel bel esprit de résistance !

Cette lâcheté, cette traîtrise nous ont durablement exposés, mis en danger, nous et notre pays.

Enfin, il y a les pires, je devrais dire plutôt le PIR, le Parti des Indigènes de la République, qui interprétait ainsi les caricatures sur leur site : « Stigmatiser des Noirs ou des musulmans n'est pas vraiment amoral, encore moins un délit, car ce ne sont pas vraiment des Français. Sont-ils même des êtres humains ? » Cette littérature haineuse et victimaire, c'est le carburant du terrorisme.

J'en arrive à la deuxième étape, je m'en souviens comme si c'était hier. Il s'agit évidemment de l'incendie du 1er novembre 2011. Pour la première fois en France, un journal est incendié. On aurait pu imaginer que le soutien serait unanime, eh bien non.

Un nouveau torrent de réprobations s'abat sur *Charlie Hebdo*. Le Conseil français du culte musulman et son président monsieur Mohammed Moussaoui déplorent vivement le ton caricatural du journal à l'égard de l'islam. Dalil Boubakeur fustige les amalgames, la stigmatisation et l'islamophobie. Plus grave, encore le Parti des Indigènes de la République qui qualifie *Charlie Hebdo* de « l'un des supports privilégiés des campagnes de stigmatisation de l'islam, parallèle à ses prises de position en faveur des guerres impériales américaines et de la politique israélienne... Il conforte l'imaginaire dominant et encourage la politique d'exclusion et de répression menée par le gouvernement à l'encontre des quartiers populaires... *Charlie Hebdo* appelle à voter Marine Le Pen ».

Mais le pire est atteint avec la pétition publiée quatre jours après l'incendie, le 5 novembre 2011, « contre le soutien à *Charlie Hebdo* », signée par d'éminentes personnalités telles que Christine Delphy et Rokhaya Diallo. Quatre jours après l'incendie, celles-ci estiment qu'il n'y a « pas lieu de s'apitoyer sur les journalistes de *Charlie Hebdo* et que les dégâts matériels seront pris en charge par leur assurance... »

Elles dénoncent carrément un État « national laïc », assimilant ainsi la France au nazisme. Elles dénoncent « les leçons de tolérance adressées par l'élite blanche aux musulmans » ainsi que « l'obsession islamophobe » de l'hebdomadaire, le tout, comme d'habitude, sur fond de victimisation – celles-ci se plaignant de n'avoir jamais accès aux grands médias alors que madame Diallo est omniprésente dans les médias français, qu'elle a tribune ouverte partout, y compris dans des publications auxquelles nous n'avons plus accès, qu'elle vient d'ailleurs d'être embauchée comme éditorialiste par le *Washington Post*. Elle se plaint d'être stigmatisée alors qu'on n'entend qu'elle. La victimisation et la culpabilisation constituent manifestement un bon fonds de commerce.

Dernière étape, et c'est là que j'ai compris que l'on avait perdu la bataille. Une obscure vidéo de quatorze minutes réalisée aux États-Unis sur la vie du prophète, « L'innocence des musulmans », entraîne à nouveau des manifestations, quelques dizaines de morts, dont celle de l'ambassadeur américain en Libye et le monde ne parlait que de ça. *Charlie Hebdo* ne pouvait pas ne pas traiter cette actualité et en a donc fait sa une, mais cette fois dans une parodie du film *Intouchables*. On a mis un rabbin à côté de l'imam, et on s'est dit qu'ainsi, on ne nous embêterait pas. Eh bien non, nos pourfendeurs ont été chercher les caricatures dans les pages intérieures du journal. Il faut vraiment être maso et avoir envie de se faire mal pour aller chercher ainsi de quoi s'offenser. Quel besoin avait-on d'acheter *Charlie Hebdo* ?

À nouveau, le scandale à l'échelle mondiale.

Jean-Marc Ayrault, 18 septembre 2012, le Premier ministre de François Hollande, « tient à exprimer sa désapprobation face à tout excès », il en appelle à l'« esprit de responsabilité » de chacun. À nouveau Dalil Boubakeur, et puis Laurent Fabius, ministre des Affaires étrangères, qui parle d'« huile sur le feu » et de la nécessité d'être « responsable ». Monsieur Moussaoui et le CFCM, bien évidemment. Brice Hortefeux, qui dénonce une « provocation inutile ». Jean-François Copé, qui parle également de provocation. Monseigneur André Vingt-Trois, toujours la provocation. Et puis, cette citation parmi les pires : « Ils sont maso (…) ils doivent aimer se faire mal, parce qu'ils se disent "on va frapper, comme ça, on va avoir la police, on va avoir peur, ça va nous faire jouir" »… Daniel Cohn-Bendit, le 20 septembre 2012 sur BFM TV. Je ne l'ai jamais entendu regretter ce propos misérable.

Il y a le NPA aussi : « *Charlie Hebdo* participe à l'imbécillité réactionnaire du choc des civilisations. » On se demande s'ils ont le droit d'écrire une phrase sans utiliser le mot « réactionnaire » au NPA.

Rachida Dati, 20 septembre 2012 : « Ils ont fait un coup éditorial, pour ne pas dire un coup marketing. » Elle sait de quoi elle parle quand elle évoque le marketing…

Pascal Boniface, le 21 septembre 2012, dans *Le Nouvel Observateur*, qualifie *Charlie Hebdo* de « beaufs racistes » et d'être « multirécidivistes contre les musulmans ». Il insiste : « Le pire service à rendre à ce journal serait qu'un acte violent soit commis contre lui. » Un service…

On pourrait également citer Dounia Bouzar qui nous reproche notre « musulmanophobie » en précisant : « Au fil du temps *Charlie* est devenu aussi extrémiste que ceux qu'il prétend combattre. » Dounia Bouzar que l'État a généreusement subventionnée des années au travers de son association consacrée à la déradicalisation et que cet immense Premier ministre qu'a été Jean-Marc Ayrault a nommée à l'Observatoire de la laïcité. C'est le monde à l'envers.

Et on en arrive aux rappeurs. Là, on passe une étape dans la violence.

Nekfeu, le 22 novembre 2013 : « Je réclame un autodafé pour ces chiens de *Charlie Hebdo*. »

Disiz la Peste : « Ces mêmes effarés se permettent de dessiner ce qui les fait rire eux… Même si vous étiez muets, je vous couperais la parole. Vous voulez savoir comment je ferais, eh bien je vous couperais les mains. »

Ces sympathiques propos font écho à ceux du fameux Mehdi Meklat qui dans des tweets, sous son propre nom, écrivait : « Charb j'ai juste envie de l'enculer avec des couteaux Laguiole », 21 octobre 2014, « Je vous souhaite la mort », 4 novembre 2014, « Qu'il crève », 18 novembre 2014. Ce qui n'empêchera pas *Les Inrockuptibles* de lui consacrer une une glorieuse le 1er février 2017.

Tous ont une responsabilité morale dans les crimes commis. Nous n'avons fait qu'exercer la liberté de critique des religions.

Alors que s'est-il passé après 2015 ? Eh bien, malgré les morts, les blessés, la barbarie, certains ont continué à vouloir nourrir encore et encore le crocodile monstrueux alors qu'il aurait fallu l'affamer.

Je vous ai parlé des déclarations du pape et d'Emmanuel Todd mais il y en a eu bien d'autres, innombrables, je n'en relèverai que deux, les plus ignobles, en commençant par celle de madame Danièle Obono, le 11 janvier 2015, quatre jours après l'effroi et l'horreur. Celle-ci refuse de pleurer *Charlie* et éprouve le besoin de l'écrire. Ce qui est insupportable pour elle, ce n'est pas l'attentat, c'est la manifestation du 11 janvier et ceux de ses camarades qui vont défiler. Pour elle, c'est là que se trouve « l'insupportable violence politique, idéologique et symbolique ». Elle « pleure » en pensant à la signature de ses amis appelant à cette manifestation et proclamant « Nous sommes *Charlie* ». Et elle dénonce une fois de plus « les caricatures racistes de *Charlie Hebdo* ». Quatre jours après l'attentat.

Elle a le droit d'avoir ces opinions. Ses idées me blessent, me heurtent et m'offensent mais je ne cherche pas à les interdire, et au contraire, je me battrai pour qu'elle puisse avoir le droit de continuer à les exprimer. Mais il faut assumer. On ne peut pas jouer sur tous les tableaux. Elle doit assumer ses propos et le parti qui lui a permis de devenir députée de la République également. Et à ce propos, je relèverai également, pendant ce procès, le 18 septembre dernier, dans une interview à *La Provence*, l'accusation renouvelée de l'islamophobie prétendue de *Charlie Hebdo* formulée par monsieur Jean-Luc Mélenchon. *Charlie* aurait un « regard raciste qui encourage les débordements. Il facilite l'escalade zemmouriste ». C'est du niveau de Cyril Hanouna. Celui qui dit cela est celui qui accusera toute la communauté tchétchène de poser un problème à raison des actes d'un seul.

Nous n'avons jamais recouru à de tels raccourcis, à de tels amalgames. C'est ça le racisme. Et c'est ce que nous nous sommes toujours refusés à faire. Monsieur Jean-Luc Mélenchon, lui, n'hésite pas. À force de chercher des voix, monsieur Mélenchon, on trouve le déshonneur.

Et puis – et j'en terminerai par là – il y a eu ce texte qui résume tout de ces ténébreuses compromissions. Celui de Virginie Despentes, icône d'une certaine gauche, la gauche *Inrockuptibles*. Nous sommes le 17 janvier 2015, dix jours après l'attentat, et elle écrit, à nouveau dans un texte publié dans *Les Inrockuptibles* : « Et j'ai été aussi les gars qui entrent avec leurs armes. Ceux qui venaient de s'acheter une kalachnikov au marché noir et avaient décidé, à leur façon, la seule qui leur soit accessible, de mourir debout plutôt que vivre à genoux. J'ai aimé aussi ceux-là qui ont fait lever leurs victimes en leur demandant de décliner leur identité avant de viser au visage. J'ai aimé aussi leur désespoir. » Elle les aime, elle les glorifie, elle les trouve virils. Pour elle le courage, c'est ça. Je crois que cela se passe de commentaires. Je suggérerais juste à madame Despentes de mettre sa belle plume au service de la rédaction des communiqués de revendication d'Al-Qaïda, confortablement installée dans un café de Saint-Germain-des-Prés. Elle pourrait se le permettre, personne ne lui a tenu rigueur de ces mots. C'est une bien étrange défaite.

Ces personnes savent-elles que *Charlie* a été de tous les combats antiracistes avec SOS Racisme et l'UEJF, auxquels je tiens à rendre hommage car ils ont toujours été à nos côtés, dans les situations les plus difficiles. Quand tout le monde flanchait, eux sont restés là.

Ces personnes comprennent-elles que renoncer à la liberté d'expression, cela reviendrait aussi à abandonner des millions de musulmans, des journalistes, des intellectuels, des écrivains, des femmes, des étudiants qui se battent pour vivre libres. Si le pays des Lumières renonçait à cette liberté, ils n'auraient plus aucun espoir. Nous ne pouvons pas les laisser tomber. Ils ont besoin de nous pour continuer à espérer. Or de l'espoir, il y en a. Les discours politiques ont changé durant ce procès. À part du côté de monsieur Mélenchon et de madame Royal, on n'entend plus les condamnations, les invectives et l'huile sur le feu. Mais surtout, nous avons vu l'émergence d'un nouveau discours des responsables de l'islam de France. Et je tiens à rendre hommage au nouveau recteur de la mosquée de Paris, Chems-Eddine Hafiz, dont je rappelle qu'il fut mon adversaire à l'époque du procès des caricatures, puisqu'il était l'avocat de la mosquée, qui ne cesse aujourd'hui de développer un discours sur un nouvel islam républicain, qui reconnaît que le droit à la caricature est une composante de la liberté d'expression en France et qui, surtout, condamne les discours victimaires, ces discours poison dont il voit tous les jours les ravages et les risques colossaux.

Monsieur Moussaoui, le président du CFCM, bien que plus fluctuant, a fini par développer un discours défendant les valeurs de la République, se refusant à la facilité de prétendre à une quelconque discrimination d'État. C'est un tournant et ne serait-ce que pour cela, ce procès le sera également.

Les trois mois de ce procès ont été tragiques, mais ils ont été un formidable accélérateur de la marche de notre histoire collective jusqu'à nous conduire à la croisée des chemins. Je ne sais pas quelle direction nous prendrons, celle du crépuscule des Lumières ou celle d'une nouvelle aube. Dans tous les cas, il y aura probablement, et malheureusement, d'autres attentats, d'autres morts et d'autres procès. Alors autant que ce soit pour redevenir ce peuple qui, il y a bien longtemps, inspira l'idée de liberté au monde, celle de l'acceptation de l'Autre. C'est notre rêve commun depuis trois cents ans et nous n'en avons pas de rechange. Il n'y a pas de salut dans la lâcheté. J'espère que nous ne serons pas la génération qui aura tourné le dos à son histoire et à son avenir.

Le temps est venu pour moi de prononcer mes derniers mots. Ils seront pour Charb évidemment. J'ai tenu à ce que Denise et Michel, ses parents, soient dans cette salle. Votre fils était magique, il faisait partie de ces êtres qui laissent une trace éternelle chez ceux qu'il croise. Il nous inspire, il nous oblige, et dans les moments de doute, quand la lassitude nous gagne, quand on en a assez, quand on a envie de retrouver une vie normale, c'est encore lui qui nous donne du courage.

Charlie vivra.

CHRONOLOGIE DES ÉVÉNEMENTS
2004 - 2020

2 novembre 2004 : Assassinat de Theo van Gogh.

17 septembre 2005 : Interview de Kåre Bluitgen dans le quotidien de gauche danois *Politiken* titrée « Peur profonde de la critique de l'islam », dans laquelle il dénonce l'autocensure régnant au Danemark depuis l'assassinat de Theo van Gogh.

Septembre 2005 : Flemming Rose, du *Jyllands-Posten*, contacte le syndicat des caricaturistes danois sous la forme suivante : « Si vous aviez à représenter le prophète, que dessineriez-vous ? »

30 septembre 2005 : Le *Jyllands-Posten* publie douze caricatures reçues en réponse.

14 octobre 2005 : Manifestation de trois mille personnes au Danemark contre ces publications.

17 octobre 2005 (mois du ramadan) : Le journal égyptien *Al-Fagr* publie six des caricatures du *Jyllands-Posten*. Aucune réaction des autorités religieuses ni gouvernementales.

7 et 8 décembre 2005 : Inscription de la question des caricatures à l'ordre du jour du Sommet de l'organisation de la conférence islamique à La Mecque.

31 décembre 2005 : Alerte à la bombe au *Jyllands-Posten*.

18 janvier 2006 : Dénonciation de la publication des caricatures par l'Organisation de la conférence islamique.

26 janvier 2006 : Rappel des ambassadeurs saoudiens, koweïtiens et iraniens en poste à Copenhague.
La Ligue arabe et l'Organisation de la conférence islamique annoncent qu'elles s'apprêtent à saisir l'ONU d'une demande d'adoption

d'une résolution interdisant les atteintes aux religions.

1er février 2006 : Publication des caricatures dans le journal *France-Soir*, suivie du licenciement de son directeur de la publication. Manifestations importantes dans de nombreux pays musulmans.

5 février 2006 : Assassinat d'Andrea Santoro, prêtre italien en Turquie, en riposte à la publication des caricatures. Attaques d'ambassades occidentales en Iran, en Syrie et au Liban.

7 février 2006 : Référé d'heure à heure en vue d'interdire la publication des caricatures par *Charlie Hebdo*. Débouté.

8 février 2006 : Publication des caricatures dans *Charlie Hebdo*.

18 juillet 2006 : Citation directe de *Charlie Hebdo* à l'initiative de la Société des Habous (mosquée de Paris).

3 août 2006 : Citation directe de *Charlie Hebdo* par l'Union des organisations islamiques de France (UOIF).

22 septembre 2006 : Intervention volontaire de la Ligue islamique mondiale s'associant aux poursuites.

7 et 8 février 2007 : Procès des caricatures devant la 17e chambre du TGI de Paris.

22 mars 2007 : Le tribunal relaxe *Charlie Hebdo*.

23 janvier 2008 : Relaxe confirmée par la 11e chambre de la cour d'appel de Paris.

12 novembre 2008 : La Cour de cassation rejette le pourvoi de la Ligue islamique mondiale.

2 novembre 2011 : Incendie criminel des locaux de *Charlie Hebdo*.

7 janvier 2015 : Attentat contre *Charlie Hebdo*. Douze morts, quatre blessés graves.

2 septembre 2020 : Ouverture du procès des attentats de *Charlie Hebdo* et de l'Hyper Cacher devant la cour d'assises spéciale de Paris.

31 octobre 2020 : Suspension du procès, trois accusés ayant été testés positifs au Covid.

2 décembre 2020 : Reprise du procès après un mois d'interruption.

4 décembre 2020 : Plaidoirie pour *Charlie Hebdo*.

16 décembre 2020 : Le verdict est prononcé. Les quatorze personnes poursuivies, dont trois absents, sont condamnées à des peines allant de quatre ans de prison à la réclusion à perpétuité. Deux ont fait appel.

Composition et mise en pages
Nord Compo à Villeneuve-d'Ascq

Achevé d imprimer
par Normandie Roto Impression s.a.s.
à Lonrai (61250)
en octobre 2021
N° d'impression : 2105175

N° d'édition : 22211
Première édition, dépôt légal : octobre 2021
Nouveau tirage : octobre 2021

Imprimé en France